Sophie,
l'apprentie sorcière

Sophie, l'apprentie sorcière

HENRIETTE MAJOR

Illustrations :
MICHEL GARNEAU

EH Héritage jeunesse

Données de catalogage avant publication (Canada)

Major, Henriette, 1933-

Sophie, l'apprentie sorcière

(Pour lire)
Pour enfants.

ISBN: 2-7625-7025-5

I. Garnotte. II. Titre. III. Collection.

PS8576.A52S66 1993   jC843'.54 C93-096080-7
PS9576.A52S66 1993
PZ23.M34So 1993

Conception graphique de la couverture : Dufour et Fille

Illustrations couverture et intérieures : Michel Garneau

Édition originale © Les éditions Héritage inc. 1988
Réédition © Les éditions Héritage inc. 1993

Dépôts légaux : 4e trimestre 1993
Bibliothèque nationale du Québec
Bibliothèque nationale du Canada

ISBN: 2-7625-7025-5   Imprimé au Canada

LES ÉDITIONS HÉRITAGE INC.
300, Arran, Saint-Lambert (Québec) J4R 1K5
(514) 875-0327

À Suzanne

1

Sophie est séparée

Ma mère est séparée. Mon père aussi. Moi aussi, je suis séparée. Je suis séparée entre mon père et ma mère : je passe la semaine chez ma mère et la fin de semaine chez mon père. Avant, on n'était pas séparés : on était tous ensemble… Je ne sais pas si c'était mieux, mais c'était moins compliqué : on pouvait se chicaner tous ensemble alors que maintenant, il faut se chicaner par petits bouts…

— L'avantage, c'est qu'on se chicane moins, dit ma mère.

Avant, quand on était tous ensemble, on pouvait s'aimer tous ensemble. Je me souviens, moi et mon frère, on allait retrouver nos parents dans leur chambre le dimanche matin. Ça sentait comme ça sent des fois dans la chambre des parents. On sautait dans le grand lit, on se chatouillait, on faisait les fous et on avait chaud. J'aimais ça! Maintenant, on s'aime encore, pour ça, oui, on ne peut pas dire qu'on s'aime moins... Mais c'est comme si on avait moins chaud...

Avant, on habitait dans une grande maison avec plein de recoins: c'était parfait pour jouer. Maintenant, moi et ma mère et mon frère on vit dans un appartement moderne. Pour être moderne, il est moderne parce que les pièces sont toutes carrées sans aucun recoin. Il n'y a pas de cour, seulement un petit balcon, et mon père il habite dans un autre appartement avec son amie Carole. Ça fait qu'on est séparés de notre maison, aussi parce que notre maison, elle a été vendue à une autre famille pas séparée.

Je suis séparée de mes amis aussi. Ma mère a dit:

— Tu vas te faire d'autres amis.

C'est vrai, je me suis fait des nouveaux amis mais j'aimais mieux les vieux. Les vieux amis c'est comme les vieux jeans, on est bien avec. Les nouveaux, ils sont amusants mais on est moins bien avec.

— Tu peux toujours leur téléphoner à tes vieux amis, qu'elle dit, ma mère.

Je leur téléphone, mais je suis quand même séparé parce que se téléphoner, ce n'est pas comme se battre pour rire et s'échanger nos affaires.

En fin de semaine, je vais chez mon

père, ça fait que quand je suis séparée de ma mère, je suis réunie avec mon père. Ce qui est bien, c'est que maintenant que mes parents sont séparés, on dirait qu'ils sont devenus moitié père, moitié mère. Ma mère, maintenant elle gagne de l'argent et elle sort les poubelles comme un père, et mon père il fait la cuisine et il coud les boutons comme une mère, ça fait que maintenant que je suis séparée j'ai un père-mère et une mère-père. Depuis que mes parents sont moitié-moitié, ils sont de bien meilleure humeur qu'avant quand ils étaient seulement père ou seulement mère. Moi, quand je serai grande, je veux être une mère-père et avoir un mari qui sera un père-mère : je trouve ça plus commode.

Une fille de mon ancienne école, Frédérique, ses parents sont divorcés et elle dit qu'elle aime ça parce qu'elle a plus de cadeaux qu'avant. Moi, je pense que les cadeaux, c'est bon pour Noël et sa fête mais ça ne rend pas tout chaud et mou comme les caresses. Moi, depuis que je suis séparée, je n'ai pas plus de cadeaux. J'ai autant de caresses, mais elles sont séparées; ce n'est pas comme avant quand mes parents s'embrassaient et que je pouvais me glisser entre les deux pour qu'ils m'enveloppent et me donnent chaud. Ça ne fait rien, des caresses séparées, c'est mieux que pas de caresses du tout et seulement des cadeaux comme pour Frédérique.

Moi, quand j'aurai des enfants, j'essaierai de ne pas être séparée. Les pères et les mères séparés, ils sont peut-être de meilleure humeur, mais les enfants séparés, des fois, ils ont comme un petit peu faim ou bien un petit froid même s'ils ont tout ce qu'il leur faut.

Mais ça ne fait rien. Mes parents ne seront pas toujours séparés parce que

moi, je sais comment faire pour les ramener ensemble comme avant. J'ai une
recette. Une recette de philtre d'amour.
Je l'ai trouvée dans un livre sur les sorcières. Les bonnes sorcières, pas les mé-
chantes. Moi, je crois à ça, les sorciers
et les sorcières. Je pense que j'en suis
une, sorcière. En tout cas, j'ai du talent.

La preuve, c'est que je devine souvent
ce que les gens vont dire. Par exemple,
je devine toujours quand ma mère va
dire «Sophie, ça suffit». Et puis quand

je veux très fort que quelque chose arrive, des fois ça arrive. Ça prouve que j'ai du talent pour être sorcière. Alors je n'ai qu'à pousser un peu ce talent-là. Je n'ai qu'à m'entraîner tout doucement en faisant semblant de rien.

J'ai donc recopié la recette du philtre d'amour sur une feuille de cahier. Je l'ai cachée derrière un cadre avec un portrait de clown que ma mère a accroché dans ma chambre. J'ai lu ce truc dans un roman d'aventures et ma mère, elle ne trouvera pas ma cachette parce qu'elle lit seulement des romans d'amour. C'est une recette très spéciale. Je lis beaucoup de recettes parce que j'aime bien faire la cuisine ; quand je cuisine j'essaie toujours d'ajouter des choses qui ne sont pas dans le livre, juste pour voir. Une fois, j'ai mis du colorant vert dans un gâteau aux carottes et une autre fois, j'ai saupoudré une crème à la vanille avec du persil haché. Mais pour la recette de philtre d'amour, elle est très difficile à réaliser parce que ça prend toutes sortes de choses très difficiles à trouver. Ah! si j'étais encore dans notre ancienne maison et si j'avais encore Ti-Claude comme ami, lui, il m'aiderait à trouver ce qu'il faut pour fabriquer le philtre d'amour…

2

Sophie s'ennuie

Depuis notre déménagement, ce n'est pas pareil. D'abord, je n'ai plus Ti-Claude. Ti-Claude, c'était mon ami. C'est encore mon ami, mais on ne se voit plus puisque lui, il n'a pas déménagé. Il est chanceux, Ti-Claude. Il peut encore jouer dans le champ, derrière l'usine de châssis. Ma mère, elle dit que je devrais être contente parce que maintenant, on est installés dans un beau quartier. Pour être beau, c'est beau. Dans ma rue, il y a des fleurs et des arbres, en rangs comme à l'école.

Pour être beau, c'est beau. Mais ce n'est pas pareil.

— Va jouer au parc, dit ma mère.

J'y suis au parc, mais Ti-Claude n'est pas là. Dans le parc il y a un coin avec des balançoires; c'est pour les petits. J'ai poussé un petit qui était assis sur une balançoire. J'ai poussé trop fort et il est tombé et il a pleuré, et sa mère m'a dit:

— Tu ne pouvais pas faire attention!

C'est pas ma faute. Avec Ti-Claude, ça jouait dur et j'ai pas pensé que le petit était trop petit.

Si Ti-Claude était là, il m'aiderait à chercher. Je cherche un crapaud; je n'en ai jamais vu, mais je sais que ça ressemble à une grenouille en plus gros et en plus laid. Dans le champ, derrière l'usine de châssis, Ti-Claude doit être en train de trouver une cachette pour le trésor; c'est une boîte de fer-blanc remplie de toutes sortes d'affaires qu'on avait ramassées, moi et Ti-Claude. C'était chacun son tour de cacher le trésor. La dernière fois, je l'avais enterré sous les chardons, mais Ti-Claude l'avait trouvé parce que les chardons étaient un peu froissés parce que j'avais creusé par dessous. Il trouvait toujours le trésor, Ti-Claude. Quand j'ai déménagé, c'était à son tour de le cacher. Une fois, il l'avait caché sous le plancher de la cabane. Cette fois-là, Ti-Claude avait dessiné une carte pour m'aider, parce que j'avais cherché partout excepté sous le plancher de la cabane. Peut-être que je pourrais cacher un trésor dans le carré de sable; mais il n'y aurait personne pour le trouver. Il y a des petits qui font des pâtés à l'autre bout du carré de sable, mais les petits, ça ne compte pas.

— Va te promener, m'a dit ma mère; ne reste pas là, à rêvasser.

Bon je vais me promener. Ici, il y a des chemins. Dans le champ, derrière l'usine de châssis, c'était moi et Ti-Claude qui faisions les chemins. C'était difficile. Il fallait couper les branches des petits arbres et, mon canif, il ne coupe pas beaucoup. Une fois, on avait roulé une grosse roche pour rendre notre chemin plus droit. Il avait fallu creuser tout autour et on avait poussé tellement fort qu'on était tout rouges et tout pleins de boue, moi et Ti-Claude. Ici, il n'y a pas de grosses roches, mais il y a des cailloux. J'en ai déjà ramassé trois, trois beaux. Je les ai mis dans mes poches. Ce que je cherche, c'est une pierre de lune, mais comme je ne sais pas de quoi ça a l'air, je ramasse des cailloux qui ont l'air pas ordinaires. À part ça je cherche de l'herbe à dinde, mais ça non plus je ne sais pas à quoi ça ressemble.

Ici, il y a des fleurs, beaucoup de

fleurs. Elles sont bien plus belles et bien plus en couleurs que celles qu'il y avait dans le champ, derrière l'usine de châssis. C'est des fleurs chics, on n'ose pas y toucher ni les sentir. Mais pour être belles, elles sont belles. Là-bas, il y a un monsieur avec un chapeau de paille qui arrache les mauvaises herbes. Je ne sais pas pourquoi on dit qu'elles sont mauvaises parce qu'autour de notre cabane il y avait plein d'herbes comme celles-là, et moi et Ti-Claude, on ne les trouvait pas mauvaises; même qu'on les aimait bien... Il y avait peut-être même de l'herbe à dinde, mais dans ce temps-là je n'en avais pas besoin, ça fait que je n'en cherchais pas.

Il fait chaud aujourd'hui et il n'y a pas de cabane pour se cacher du soleil. Mais il y a des arbres. Les arbres, c'est ce que j'aime le mieux dans le parc. C'est facile de grimper à un arbre. J'ai juste déchiré mon chandail un petit peu et ma mère ne s'en apercevra pas, peut-être. D'en haut, on voit les gens plus petits, même s'ils sont plus grands. Il y a des oiseaux et des écureuils et, quand on est en haut, on les voit mieux et on se sent comme un oiseau ou comme un écureuil. Ti-Claude, il aimerait ça être dans un arbre. On grimperait tous les deux: on s'installerait sur une grosse branche et on jouerait à être en avion, ou bien en hélicoptère. Mais un policier est venu et m'a fait signe de descendre. Il n'a pas l'air méchant, même il a envie de rire, on dirait. J'aurais aimé rester dans l'arbre un peu plus longtemps, mais il aurait fallu que je descende quand même parce que je commençais à avoir mal aux fesses.

Plus loin, il y a un étang. Si Ti-Claude était là, on se fabriquerait un bateau. Je ne sais pas si on pourrait parce qu'ici, il n'y a rien à ramasser pour fabriquer des choses. Dans le champ, derrière l'usine de châssis, il y avait plein de bouts de bois, de bouts de broche et de vieux clous pour s'amuser avec. Mais il n'y avait pas d'étang, excepté quand il avait plu beaucoup et au printemps, quand la neige fondait. J'y pense, s'il y a un étang, il y a peut-être des crapauds! J'ai enlevé mon soulier et mon bas et j'ai mis mon pied dans l'eau de l'étang et elle était froide et glissante dans le fond. J'ai ôté mon pied de l'eau parce que ça fait peur aux canards et que ça n'a pas fait sortir de crapaud.

Ils sont drôles, les canards, surtout quand ils plongent et qu'ils ont le derrière en l'air. Ils ne font pas coin-coin, comme on dit dans les livres. Ils font onk-onk. Moi et Ti-Claude, on aurait aimé avoir un canard pour mettre sur les flaques d'eau, quand il avait plu dans notre champ. Mais nos mères ne voulaient pas. La mère de Ti-Claude, elle voulait seulement sa souris blanche, à condition qu'elle ne sorte pas de sa cage. Ma mère à moi, elle ne voulait rien, même pas une petite grenouille bien propre que j'avais attrapée dans le champ un jour qu'il avait plu. Alors pour le crapaud, si je l'attrape, il faudra que je lui trouve une bonne cachette.

Peut-être que maintenant, elle voudrait, ma mère si je demandais un chien. Il y a plein de chiens dans notre rue et même, les dames viennent les promener dans le parc en même temps que les bébés et ils font plein de crottes sur les trottoirs ; les chiens, pas les bébés. Il y a un vieux monsieur avec un chien brun. Je l'ai flatté et le monsieur m'a souri. Je lui ai souri mais de loin ; il ne m'a pas offert de bonbons, mais tout à coup il m'en offrirait et mon père m'a dit de ne jamais aller avec un monsieur qui vous offre des bonbons. Mais moi j'aime mieux les «popsicles». J'ai voulu en acheter un avec le 10 cents qui me restait, mais j'ai plutôt acheté du «pop-corn» pour donner aux écureuils. Les écureuils n'en voulaient pas. Ils aiment mieux les «pinottes» mais j'avais pas assez d'argent pour les «pinottes». Ça ne fait rien, les pigeons ont aimé le «pop-corn». Ils l'ont mangé en faisant frr-frr, comme un chat qui ronronne.

Ti-Claude aurait aimé ça nourrir les pigeons. Une fois, moi et Ti-Claude, on avait trouvé un moineau avec une aile brisée dans le champ derrière l'usine de châssis. On lui avait fait un nid dans une boîte à chaussures et on l'avait nourri avec des beaux gros vers de terre qu'on trouvait sous les grosses roches. On a dit des formules magiques pour qu'il guérisse mais il est mort pareil et moi et Ti-Claude, on lui a fait des belles funérailles et on l'a enterré dans sa boîte à chaussures, dans un coin du champ, et on a mis une grosse croix sur sa tombe. Peut-être que, dans ce parc-ci, j'aurai la chance de trouver un pigeon mort ou même un canard et je pourrai jouer aux funérailles. Mais ça serait « plate » de jouer aux funérailles toute seule. Et puis, j'aimerais mieux trouver un crapaud vivant.

Ici, il y a des beaux bancs verts et toutes sortes de gens assis dessus. Je me suis assise toute seule sur un banc vert et je me balançais les jambes au soleil. Une dame avec un bébé est venue s'asseoir à côté de moi et elle m'a parlé. Je lui ai parlé aussi parce que mon père ne m'a pas défendu de parler aux dames avec un bébé. D'habitude, les grandes personnes veulent toujours savoir comment tu t'appelles et ton âge et ce que tu fais à l'école et un tas de choses comme ça. Mais la dame, elle, elle a dit :

— Tu t'ennuies ?

C'est peut-être une sorcière, sinon

comment elle aurait deviné. Je lui ai répondu :

— Un peu, pas beaucoup.

Et puis, je ne sais pas pourquoi, je
me suis mise à lui parler de Ti-Claude,
comment on avait construit notre cabane dans le champ derrière l'usine de
châssis, avec des vieilles planches et des
vieux clous et le vieux tapis qu'on avait
ramassé dans la ruelle.

— Ça devait être beau, qu'elle a dit.

— C'est pas que c'était beau, mais
c'était rien qu'à nous autres.

— Tu vois la maison au milieu du
parc, a dit la dame, la semaine prochaine
il y aura des monitrices qui seront là pour
s'occuper des enfants, avec du papier et
de la peinture de toutes les couleurs.

Moi, j'aime ça dessiner ; même que je
dessine mieux que Ti-Claude. Quand on
avait rapporté des craies de couleurs de

l'école et qu'on avait dessiné sur les portes du garage, mes bonshommes étaient bien plus beaux que les siens parce que moi, je prenais le temps de leur faire beaucoup de cheveux et de boutons à leurs habits. Lui, il faisait juste le bonhomme sans rien. La dame m'a donné un bout de craie qu'elle a sorti de son sac et elle est partie. Alors moi, j'ai dessiné un bonhomme sur le trottoir à côté du banc. Il était moins beau que celui du garage, parce que j'avais seulement une craie jaune et pas d'autres couleurs. Et quand j'ai eu fini, il y avait un garçon à côté de moi. Il a dit :

— Il est beau ton bonhomme !

Moi j'ai dit :

— Pas tant que ça.

— Prête-moi ta craie, qu'il m'a demandé.

Il a dessiné un soleil en haut du bon-

homme et des fleurs alentour et il a ajouté :

— Viens-tu jouer au ballon, sur le terrain de base-ball à côté ?

On est allés jouer au ballon. Il a dit :

— Tu lances drôlement bien pour une fille !

J'ai répondu :

— Tu lances drôlement bien pour un garçon !

Je lui ai demandé :

— Sais-tu où je pourrais trouver un crapaud ?

Il a répondu :

— Non mais je sais où trouver une couleuvre.

Ce garçon-là s'appelle Antoine. Dans ma tête, j'ai souhaité très fort qu'il devienne mon ami.

3

Sophie et Antoine

En sortant du parc, Antoine a dit :

— J'habite par là.

J'ai répondu :

— Moi aussi.

Alors on a marché ensemble. Rendu devant une maison de trois étages à deux portes de chez moi, Antoine a déclaré :

— Tu veux la voir ?

— Quoi ?

— La couleuvre, tiens!

— Où ça?

— Dans ma chambre, qu'il a dit tout bonnement.

Une couleuvre dans sa chambre! J'étais sûre qu'il me faisait marcher. Je me suis empressée de le suivre en me disant: «On va bien rire!»

La première chose qui m'a frappée en entrant dans sa chambre, c'est l'odeur. Ça sentait comme les vieilles chaussettes. Et puis, à travers les traîneries, j'ai aperçu un aquarium.

— Qu'est-ce que tu gardes dans cet aquarium?

— Ce n'est pas un aquarium, c'est un terrarium.

Antoine s'est dirigé vers l'aquarium, je veux dire le terrarium. Il a plongé la main dedans et il en a sorti un serpent. Il me l'a mis sous les yeux en disant:

— C'est Hortense.

Hortense a ouvert la gueule et a fait bouger sa langue. J'ai avalé plusieurs fois avant de répondre d'une voix étranglée:

— Enlève ce serpent de sous mon nez.

— Ce n'est pas un serpent, ce n'est qu'une petite couleuvre de rien du tout. Veux-tu la flatter?

Prenant mon courage à deux mains, je l'ai touchée pour ne pas pas-

ser pour une peureuse. C'était doux. Ce n'était pas du tout dégoûtant. Alors j'ai dit:

— Est-ce que ça bave, une couleuvre?

— Non. Et ça ne mord pas non plus. Tu n'as pas besoin d'avoir peur.

— Je n'ai pas peur. Alors Hortense ne bave pas. C'est dommage parce que j'ai besoin de bave de crapaud, et peut-être de la bave de couleuvre ça aurait fait pareil.

— De la bave de crapaud? Qu'est-ce que tu veux faire avec ça?

— C'est pour... C'est pour une recherche.

— Tu fais une recherche pendant les vacances!

Antoine m'a regardée d'un drôle d'air.

— Ta recherche, c'est sur quoi au juste?

— Heu... sur les animaux... les animaux pas ordinaires.

— Ah! C'est donc ça...

Puis il a plongé sa main dans une boîte de métal.

— Qu'est-ce que tu as là-dedans? Des araignées venimeuses?

— Non. J'élève des vers de farine pour nourrir Hortense.

— Des vers... Ah! bien sûr...

Quand il a eu fini de nourrir Hortense, Antoine a dit:

— Maintenant, c'est notre tour. Viens, je vais te faire une tartine de beurre d'arachides.

Je ne sais pas pourquoi, mais je n'avais pas faim. Je lui a dit que je faisais bien la cuisine et je lui ai parlé de mes galettes au beurre d'arachides garnie de fromage à l'oignon. Antoine a fait la grimace et il m'a dit, la bouche pleine :

— Et toi, quels animaux as-tu chez toi ?

Alors là, je lui ai parlé de Caramel.

— Si j'avais un chien, je l'appellerais Caramel, que je lui ai dit, parce qu'il serait de la couleur d'un beau caramel bien collant. Il aurait de beaux grands yeux bruns et un nez tout froid et une queue qui bougerait tout le temps.

Mais je n'ai pas de chien parce que ma mère ne veut pas. Je lui ai pourtant demandé cent fois et même mille fois mais elle ne veut jamais. J'ai tout essayé, j'ai fait le ménage de ma chambre trois fois de suite, j'ai pleuré, j'ai caressé ma mère dans le cou en lui flattant les cheveux, mais à chaque fois elle dit :

— Je te vois venir avec tes gros sabots.

Je me demande comment elle fait pour savoir d'avance ce que je veux lui demander et pour dire non d'avance.

Pourtant, je demande seulement un petit chien, tout petit. Ça ne me ferait rien qu'il soit petit à condition qu'il soit doux et chaud et fou. Mais ma mère dit qu'elle a déjà assez de problèmes. Je ne comprends pas pourquoi elle dit ça parce que si j'avais un chien, je m'en occuperais tout le temps de mon chien : je lui donnerais à manger, je lui donnerais son bain, je le brosserais…

— Et s'il faisait pipi par terre ? dit ma mère.

— Eh bien, un petit pipi de rien du tout, c'est facile à essuyer, mais il ne ferait pas pipi par terre parce que j'irais le promener dehors et il ferait pipi sur les poteaux comme tout le monde, je veux dire comme un chien bien élevé.

Mais ma mère dit :

— On sait ce que c'est.

Et elle ne veut toujours pas.

Ah ! si j'avais un chien... Je jouerais avec lui toute la journée sauf quand je serais à l'école. À l'école non plus on ne veut pas de chiens, et pourtant on apprendrait bien mieux les choses à propos des animaux si on en avait à l'école. Quand je rentrerais de l'école, Caramel m'attendrait et on s'embrasserait fort et on se roulerait par terre et on jouerait ensemble.

— Tu peux jouer avec ton petit frère, que dit ma mère.

— Mais moi j'aimerais mieux un chien... Mon chien, il ferait ce que je veux tandis que mon petit frère, il fait toujours ce qu'il veut, excepté quand je lui tords le bras pour qu'il fasse ce que je veux. Un chien, c'est tout doux et tout chaud. Un petit frère aussi, mais ça ne se laisse pas caresser autant qu'un chien, et quand ça mord, ça mord pour vrai et pas seulement pour rire comme font les chiens. Aussi, à un chien, je pourrais apprendre des trucs comme donner la patte et faire le beau et ça, mon petit frère ne veut pas le faire même quand je lui promets un bonbon. Il veut seulement faire le mort, mais pour ça il faut que je fasse semblant de le tuer comme dans les films de cow-boys.

Peut-être que si j'avais un chien pas trop petit, je pourrais l'atteler à une petite voiture pour me faire promener et je n'aurais pas besoin de demander un poney. Parce que pour le poney, ce n'est pas la peine de demander à ma mère vu qu'on reste au troisième étage… Non, pour le poney, ça ne vaut pas la peine d'essayer. Mais pour le chien, peut-être que si j'essuie la vaisselle pendant une semaine et que je ne me chicane pas avec mon petit frère pendant trois jours, non, deux jours... Peut-être que si je pleure assez fort ou si je tombe malade...

Là, Antoine a dit:

— Si ta mère ne veut pas d'un chien, pourquoi tu lui demandes pas un autre animal?

— C'est vrai ça... Je pourrais peut-être demander un chat parce qu'un chat, ça ne jappe pas. Et si un chat, ça ne marche pas non plus, je pourrais demander un oiseau parce qu'un oiseau, ça ne perd pas son poil. Et si un oiseau, ça ne marche pas, je pourrais peut-être demander un poisson rouge parce qu'un poisson rouge, ça ne fait pas de bruit... Mais un poisson rouge, ce n'est chien. Et je ne pourrais jamais l'appeler Caramel...

— Et ton crapaud? a dit Antoine.

— Ah oui! Mon crapaud, c'est pas un crapaud que je veux, c'est seulement de la bave de crapaud.

— Pourquoi faire? Parce que tu sais, ton histoire de recherche pendant les vacances, je n'y crois pas.

— J'ai besoin d'un crapaud pour... Pour un projet secret.

— Si je t'aide à trouver un crapaud, vas-tu me dire ton secret?

— Promis, juré, que j'ai répondu.

Après tout, si Antoine me trouve un crapaud, ça sera peut-être la preuve qu'il est un peu sorcier et alors ce ne sera plus nécessaire d'avoir des secrets pour lui.

4

Sophie et sa grand-mère

Le lendemain, je me suis fait garder chez ma grand-mère. J'étais contente d'y aller parce que je pense que ma grand-mère est une sorcière. Elle n'a pas un nez crochu et un chapeau noir et un balai pour voler dessus. Mais je pense qu'elle est une sorcière parce qu'elle a un chat noir et qu'elle est vieille. Seulement, il faut pas lui dire qu'elle est vieille parce qu'elle n'aime pas ça. Elle est vieille quand même ; quand on a des lunettes et des dentiers, c'est parce qu'on est vieux. Quand on est vieux, aussi, on a des cheveux blancs mais ma grand-mère n'en a pas parce qu'elle les teint en brun. Je ne sais pas pourquoi elle n'aime pas être vieille : moi, je trouve que les vieilles personnes sont belles avec tous ces petits plis autour des yeux. Des fois, je me regarde dans le miroir et j'essaie de me faire des petits plis autour des yeux, mais ils s'effacent quand je cesse de grimacer.

Ma grand-mère n'a pas d'enfants : c'est pour ça qu'elle peut s'occuper des enfants des autres. Ce qui est bien avec ma grand-mère, c'est qu'elle a le temps. Même qu'elle devrait peut-être en donner un peu à ma mère qui n'en a jamais assez. Je vais chez ma grand-mère quand ma mère est coincée comme elle dit, quand la gardienne prend congé alors qu'il y a une journée pédagogique à l'école. J'y vais aussi des fois avec mes parents mais ce n'est pas pareil parce que quand les parents sont là, ils nous surveillent, moi et ma grand-mère, et on ne peut pas faire ce qu'on veut. Moi, j'aime mieux les jours où ma mère est coincée et qu'elle se débarrasse de moi en me déposant chez ma grand-mère comme un paquet, comme dit ma grand-mère.

Ce qui est bien chez ma grand-mère c'est que les meubles sont vieux et on peut mettre les pieds sur les fauteuils. On n'a pas besoin de faire attention de ne pas salir vu qu'il y a de la poussière partout. Ma grand-mère a un chat ; il s'appelle Pistache et il est vieux lui aussi et il est noir comme tous les chats de sorcières. Des fois, il fait semblant de jouer avec moi mais il aime mieux dormir. Il me mord un peu quand ma grand-mère a le dos tourné : je ne dis rien parce que je serais fâchée moi aussi si quelqu'un m'empêchait de dormir en me chatouillant derrière les oreilles : on n'a pas toujours envie d'être chatouillé derrière les oreilles, surtout quand on est un chat de sorcière.

Ce que j'aime bien chez ma grand-mère, c'est de fouiller dans les tiroirs. Il y a de vrais trésors dans ces tiroirs-là. Ce n'est pas comme chez nous ; chez nous, il n'y a que du linge propre et bien rangé et presque pas de surprises. Dans les ti-roirs de ma grand-mère, tout est pêle-mêle. Chaque foulard, chaque bijou a une histoire et ma grand-mère me les ra-conte. Il y a des histoires qu'elle m'a ra-contées au moins cent fois, mais je les aime quand même. Comme celle de la fois, quand elle était petite et que son oncle lui avait apporté un bébé lapin et le bébé lapin avait fait pipi sur sa robe. Et aussi quand elle se promenait dans des espèces d'autobus qui roulaient sur des rails et qu'on appelait des tramways.

Dans un des tiroirs, il y a de vieilles photos. Sur ces photos, il y a des gens drôlement habillés, comme s'ils étaient déguisés. Il y a une photo d'une petite fille avec une grosse boucle de ruban dans les cheveux ; ma grand-mère dit que c'est elle quand elle était petite. Quand je la regarde, je ne peux pas croire qu'elle a déjà été une petite fille !

Je ne peux pas l'imaginer sans ses lunettes, sans son dentier et sans ses cheveux teints. C'est vrai que la petite fille de la photo lui ressemble, mais je trouve qu'elle me ressemble plus à moi. Mais comme ma grand-mère me raconte toutes sortes d'histoires de quand elle était petite, alors ça doit être vrai qu'elle a déjà été une petite fille. Mais ça fait tellement longtemps! L'autre jour, je lui ai demandé:

— Quand tu étais petite, as-tu rencontré la Comtesse de Ségur?

Ma grand-mère s'est fâchée! Je n'ai pas encore compris pourquoi. Peut-être qu'elle n'aime pas les livres de la Comtesse de Ségur. Pourtant, ces livres-là sont vieux aussi…

Une autre chose que j'aime chez ma grand-mère, c'est sa cuisine. Elle ne fait pas de gâteaux aux anges en boîte ou de fruits exotiques en conserve comme ma mère: elle fait seulement des pâtés chinois, des poudings au chômeur ou bien des clafoutis aux pommes et des vieilles affaires de ce genre-là. Elle a plein d'herbes et d'épices dans son armoire; moi, je suis sûre que les choses qui ont des drôles de noms comme coriandre, macis, fenouil, sont des ingrédients de sorcière. Alors quand ma grand-mère fait la cuisine, je l'aide pour apprendre ses recettes de sorcière.

Pendant qu'elle préparait son pâté chinois, j'ai demandé à ma grand-mère si elle savait où trouver de l'herbe à dinde.

— De l'herbe à dinde! Quand j'étais petite, ma mère m'en faisait une infusion lorsque j'étais enrhumée. Elle la sucrait avec du miel…

— Du miel de dent-de-lion?

— Du miel de pissenlit? Ma foi, je ne sais pas… Tout ce que je sais, c'est que c'était bon et que ça me faisait dormir.

Ah! ah! je savais bien! C'était sûrement une potion magique… Alors j'ai demandé où on pouvait trouver de l'herbe à dinde.

— L'herbe à dinde, il y en a partout.
Tu as sûrement déjà vu cette plante à
petites fleurs blanches. Tiens, tout à
l'heure, on ira marcher près de la cour
de l'école; je t'en montrerai.

Après, on a mangé le pâté chinois et
la tarte aux pommes et ensuite, on est
allées se promener. Ma grand-mère m'a
montré de l'herbe à dinde; c'est une
mauvaise herbe bien ordinaire. C'est
justement celle-là qu'on ramassait avec
Ti-Claude derrière l'usine de châssis.
On en a cueilli plusieurs tiges. Rendue
à la maison, ma grand-mère m'a montré comment les faire sécher la tête en
bas attachées avec de la ficelle.

— Quand elles seront sèches, tu pla-
ceras les feuilles dans un bocal. Tu
n'auras qu'à en mettre une pincée dans
une tasse avec de l'eau chaude pour
avoir une bonne tisane. Si tu veux, tu
peux la sucrer avec du miel.

— Du miel de dent-de-lion ?

— N'importe quel miel... Qu'est-ce que c'est que cette idée fixe à propos du miel de dent-de-lion ? En as-tu mangé quelque part ? D'après moi, tous les miels se ressemblent. Oh ! il peut y avoir une certaine différence au goût, mais si peu...

— J'ai entendu dire que le miel de dent-de-lion, c'était bon pour... heu... rendre les gens amoureux...

Ma grand-mère s'est mise à rire. Elle m'a fait un clin d'œil.

— Ah ! je comprends tout ! Écoute, je ne te promets rien, mais je vais essayer de t'en trouver, du miel de dent-de-lion.

Entre sorcières, on se comprend. En tout cas, j'ai de l'herbe à dinde, c'est toujours ça.

5

La pierre-de-lune

J'ai téléphoné à Antoine pour lui demander des nouvelles d'Hortense. En même temps, je lui ai demandé s'il avait déjà vu une pierre de lune. Il a répondu :

— Non, mais j'ai déjà eu un livre sur les pierres. Je l'avais pris à la bibliothèque. Justement, j'y vais cet après-midi. Veux-tu venir avec moi ?

Quand j'ai demandé à ma mère la permission d'aller à la bibliothèque, elle a dit :

— Oui, à condition que tu amènes ton frère.

Je déteste ça quand les grandes personnes disent à condition que. La condition, c'est toujours quelque chose qu'on n'a pas envie de faire, comme faire son lit ou la vaisselle ou s'occuper de son frère.

C'est pas que je ne l'aime pas, mon frère. Je l'aime bien. D'abord, il est beau. Et puis il est gentil, pas toujours mais souvent. Et puis il est plus petit que moi, et moi je suis plus grande que lui, ça fait que je suis sa grande sœur. Et un petit frère, quand on est sa grande sœur, il faut l'aimer et s'en occuper, que dit ma mère. Alors moi, je m'en occupe. Des fois, je lui lave la figure et les mains quand il est trop sale. Des fois, je l'aide quand il joue avec son jeu de construction ; quand il ne regarde pas, je fais tomber sa tour mine de rien.

Après, je le console, parce qu'il braille beaucoup. Mieux vaut le consoler car quand il se lamente, je ferais n'importe quoi pour l'arrêter. Le meilleur moyen, c'est de lui donner quelque chose à manger. J'ai toujours des vieux bonbons en réserve pour le calmer.

C'est amusant d'avoir un petit frère : des fois, je le déguise et je fais semblant qu'il est mon bébé. Ça ne dure jamais longtemps car il n'est pas tranquille comme ma poupée ; il se démène et donne des coups de pied. D'autres fois, quand il est de mauvaise humeur, il me tape dessus et c'est moi qui pleure. Il a beau être petit, il tape fort. Mais comme je suis plus grande, les grandes personnes croient toujours que c'est moi qui l'ai frappé en premier et c'est toujours moi qui me fait disputer. Des fois, j'aimerais ça être plus petite que lui...

Des fois, aussi, je lui raconte des histoires et il écoute avec les yeux ronds comme des billes : c'est bien d'avoir quelqu'un qui vous écoute avec les yeux ronds : ça vous fait vous sentir important. Souvent, c'est bien commode un petit frère : on peut l'envoyer demander des permissions à sa place ou bien on peut lui suggérer des mauvais coups. Comme ça, c'est lui qui se fait punir...

Ça fait que ce jour-là, j'ai amené mon frère à la bibliothèque. Là, je l'ai planté devant les albums illustrés et je suis allée fouiller les rayons des sciences naturelles avec Antoine. On avait déjà sorti une dizaine de livres sur les roches et les cailloux quand la bibliothécaire est venue nous demander ce qu'on cherchait.

— Des renseignements sur les pierres-de-lune, j'ai dit.

— Vous feriez mieux de regarder dans « espace, exploration de ». Le voyage des astronautes à la Lune, vous ne trouverez pas ça dans les sciences naturelles.

— Mais non ! il ne faut pas chercher dans « espace, exploration de » parce que les astronautes, ils ne sont pas sorciers, ils sont juste savants et les pierres-de-lune, c'est des pierres pour les sorcières.

— Ah bon! a dit la bibliothécaire en ajustant ses lunettes. Eh bien, cherchez dans « sorcières ».

Antoine s'en allait vers le fichier quand une petite voix derrière moi a dit:

— Je sais, moi, où il y en a une lune de pierre, je veux dire une pierre-de-lune…

C'était Bertrand, mon frère que je croyais dans ses albums illustrés.

— Qu'est-ce que tu fais là? Va te choisir un album et laisse les grands tranquilles, que j'ai dit en lui faisant faire demi-tour.

— Attends, a dit Antoine. Il dit qu'il sait…

— Il dit n'importe quoi. Il veut juste m'embêter.

Sans s'occuper de moi, Antoine s'est

accroupi et a demandé à Bertrand en le regardant dans les yeux :

— Alors, tu sais où il y a une pierre-de-lune ?

Bertrand a fait oui plusieurs fois avec sa tête.

— Tu veux me dire où ?

— Dans le tiroir de maman.

— Dans le tiroir de...

Tout à coup, je me suis rappelé. La bague de mon arrière-grand-mère... Bien sûr ! Pourquoi n'y avoir pas pensé avant ! Dans le tiroir du haut de sa commode, ma mère a un coffret avec toutes sortes de vieilles affaires dedans : un col de dentelle tout jauni, des médailles de mon arrière-grand-père qui est allé à la guerre, des vieilles cartes postales avec des dames portant des ombrelles, et une bague toute noircie avec une

pierre blanchâtre que ma mère dit que c'est une pierre-de-lune.

— C'est vrai! ma mère a vraiment une pierre-de-lune dans son tiroir qui appartenait à mon arrière-grand-mère. La pierre-de-lune, pas le tiroir. Alors, c'était sûrement une sorcière, mon arrière-grand-mère, parce que les pierres-de-lune... Venez! j'ai dit à Bertrand et à Antoine. Retournons à la maison.

Bertrand s'est mis à hurler parce qu'il n'avait pas eu le temps de choisir son album... Il a fallu l'aider à trouver une histoire de lutins parce que Bertrand adore les histoires de lutins.

Finalement, on est rentrés à la maison. Là j'ai pu aller fouiller dans le tiroir de ma mère parce que ma gardienne était en train de regarder la télévision. J'ai sorti la bague à la pierre-de-lune et je l'ai examinée, puis je l'ai remise à sa place parce qu'il ne faudrait pas que ma mère s'aperçoive que j'ai fouillé dans ses affaires; mais maintenant, je saurai où la trouver, la pierre-de-lune, quand j'aurai réuni les autres ingrédients de la recette.

6

Sophie et sa gardienne

Je suis fière de moi. J'ai déjà deux des choses qu'il me faut pour mon philtre d'amour: j'ai de l'herbe à dinde et j'ai la pierre-de-lune. Aujourd'hui il pleut, ça fait que je suis restée à la maison avec ma gardienne.

J'ai une gardienne parce que ma mère travaille; les autres mères du voisinage, elles ne travaillent pas, elles font seulement le ménage et la cuisine et des choses comme ça, et après, elles prennent des bains de soleil. Ma mère à moi, elle dit qu'elle a besoin de travailler pour son équilibre ; pourtant, elle ne travaille pas comme équilibriste dans un cirque, elle travaille dans un bureau. Ça fait que chez nous, c'est Régina qui fait le ménage et la cuisine au lieu de travailler. Elle fait ça vite, Régina, le ménage et la cuisine ; après, elle regarde des films à la télévision. Des fois, je les regarde avec elle, surtout pendant les vacances quand je ne vais pas à l'école. C'est toujours des films d'amour où on s'embrasse ou bien des films de bandits où on se tire dessus. Quand je m'ennuie, Régina me raconte des histoires, des histoires de monstres et de sorcières avec des dents crochues qui sucent le sang des petites filles ; ça me fait peur, mais j'aime ça ! Seulement, des fois, j'ai des cauchemars la nuit parce que je vois des vampires qui s'approchent de mon lit.

Quand arrive la fin de semaine, je

m'ennuie un peu parce que ma mère ne travaille pas ni mon père, et Régina s'en va en congé, et je dois mettre une robe propre au lieu des jeans sales que Régina devrait avoir lavés.

Mais je lui ai dit:

— On est si bien dans des jeans sales!

Alors elle les laisse comme je les aime. Et maman ne le sait pas: elle n'a pas senti mes jeans comme elle sent ses chandails sous les manches pour savoir s'ils sont assez sales pour les laver. Ma mère dit toujours que j'ai l'air d'une vraie garçonne et elle me parle de ma cousine Julie qui a l'air d'une vraie princesse. Mais moi, je sais que Julie, elle s'embête parce que sa mère, elle ne travaille pas et elle la surveille tout le temps, et Julie, elle est obligée de rester tout le temps propre. Julie, elle n'a pas de gardienne, elle.

Tantôt, Régina a fermé la télévision parce que son programme était fini et elle a dit:

— Il faut que je passe l'aspirateur.

Alors j'ai eu une idée. J'ai dit:

— Régina, est-ce que tu trouves des toiles d'araignées des fois quand tu passe l'aspirateur?

— C'est bien rare, a répondu Régina. Je fais le ménage toutes les semaines; les araignées n'ont pas le temps de s'installer.

— Oui mais des fois, dans les coins où tu ne passes pas souvent.

— Veux-tu dire que je fais mal le ménage? Si tu vas répéter ça à ta mère, je ne te laisserai plus jamais regarder la télévision l'après-midi!

Ça, je savais bien que ce n'était pas vrai parce que si Régina ferme la télévision, elle va bien trop s'embêter. Mais je lui ai dit pour la calmer :

— Je ne dirai rien à ma mère. C'est juste que j'ai besoin de toiles d'araignées.

— Besoin de toiles d'araignées ? Quelle drôle d'idée ! Qu'est-ce que tu peux bien vouloir faire avec des toiles d'araignées ?

— C'est... heu... pour les photographier. Tu sais, avec l'appareil-photo que mon parrain m'a donné pour mon anniversaire. Les toiles d'araignées, ça fait des belles photos.

— Ah bon ! Dans ce cas, je vais t'aider à en trouver.

Alors Régina et moi on s'est mises à fureter partout dans les coins et sous les lits au lieu de faire le ménage. On a trouvé beaucoup de poussière, trois chaussettes sales et un vieux biscuit et un ourson tout délavé que mon frère cherchait depuis deux semaines, mais pas de toiles d'araignées. Alors Régina a dit:

— Je sais où en trouver.

Alors on s'est mises à quatre pattes et on a exploré les garde-robes. À la troisième garde-robe moi et Régina on était pas mal sales et on avait chaud, mais on n'avait toujours pas trouvé de toile d'araignée; seulement des moutons de poussière. Tout à coup, j'ai pensé à quelque chose:

— Dis donc, Régina, les araignées, elles font leur toile pour attraper les mouches.

— Hé oui!

— Les mouches, elles se promènent dans les airs: alors c'est pas sous les lits ni dans les placards qu'il faut chercher des toiles d'araignées. C'est en l'air!

— C'est vrai ça.

Alors on s'est mises à se promener le nez en l'air et on a bientôt aperçu une toile d'araignée en haut d'une fenêtre du salon.

— Approche un fauteuil, Régina, j'ai dit ; je vais aller la décrocher.

— Je croyais que tu voulais la photographier.

Ouf ! j'avais oublié le coup de la photo. Il a bien fallu que j'aille chercher mon appareil. Là, on s'est rendu compte qu'il n'était pas chargé. Je n'avais pas d'argent pour acheter un film.

— Je vais t'en prêter, a dit Régina. Je suis sûre que ta mère me remboursera : elle sera sûrement contente que tu t'intéresses à la photo.

— Surveille bien la toile d'araignée,

que j'ai dit à Régina en partant pour la pharmacie du coin.

À la pharmacie, ça été long parce qu'un vieux monsieur est passé devant moi et il a raconté toutes ses maladies au pharmacien. Quand je suis revenue avec ma bobine de film, ma mère était rentrée de son travail. Elle avait organisé un éclairage sur la toile d'araignée et elle avait installé un escabeau à côté de la fenêtre. Elle a dit:

— Sophie, tu es sale à faire peur mais Régina m'a expliqué. Alors tu peux faire ta photo avant d'aller te laver.

J'ai dû faire cette stupide photo et après, il a fallu que je me lave et après on a mangé et je n'avais toujours pas réussi à cueillir ma toile d'araignée. Et pendant la soirée, ma mère n'a pas bougé du salon et elle a fini par m'envoyer me coucher. Je me suis pincée pour ne pas m'endormir. Quand tout a été tranquille dans la maison, je me suis levée. Je n'osais pas trimbaler l'escabeau, alors j'ai mis un tabouret sur un fauteuil et j'ai grimpé dessus. J'avais apporté un petit sac en plastique et j'ai mis la toile d'araignée dedans, mais j'ai laissé filer l'araignée parce qu'elle n'était pas dans la recette. C'est là que je suis tombée. Ça a fait un bruit épouvantable et tout le monde de la maison est arrivé en courant.

— Sophie! Qu'est-ce qui se passe? a demandé ma mère.

— C'est la toile d'araignée, j'ai dit. Je voulais juste voir si elle était toujours là.

7

Sophie et
les grandes personnes

Maintenant j'ai une entorse; ma cheville gauche est grosse comme une citrouille (une petite). Je ne peux pas bouger de la maison, ça fait que pour mon projet de philtre d'amour, je ne sais pas quand je pourrai commencer. La vie est bien triste mais j'ai quand même l'herbe à dinde dans un bocal, la toile d'araignée dans un sac de plastique et la pierre-de-lune dans le tiroir de ma mère.

Demain, je devais aller à la pêche

avec mon père. Peut-être qu'il viendra me chercher pareil et comme je ne peux pas marcher, il me prendra dans ses bras jusqu'à l'auto : il m'amènera dans un grand restaurant et là on m'installera sur une banquette et on apportera un coussin pour déposer mon pied. Mon père m'appellera « princesse » comme quand j'étais petite et il commandera du vin et j'aurai le droit d'en prendre un verre. Après, on ira chez lui et on écoutera de la musique qui rend triste. Il me demandera de rester toujours avec lui, mais je lui répondrai que c'est pas la peine de bousculer ma mère parce que bientôt tout va s'arranger. Bien sûr, je ne lui parlerai pas du philtre d'amour, mais je le mettrai au courant que j'ai un secret. Il dira :

— Cette petite Sophie, comme elle est intéressante !

Pendant que je pensais à tout ça, mon père a téléphoné et il a dit :

— La pêche, ce n'est pas possible avec ton entorse, alors on va remettre ça à la semaine prochaine. Tu es assez grande pour comprendre.

Je ne suis pas assez grande pour ne pas être déçue. À part ça, je ne veux pas grandir. Je ne veux pas grandir parce qu'être une grande personne, c'est ennuyant. Les grandes personnes, il faut qu'elles travaillent, tandis que nous autres, les enfants, on n'a pas besoin de travailler sauf pour faire son lit, et même on peut le faire tout de travers quand on n'a pas le goût et notre mère le recommence sans que ça paraisse.

Non, je ne veux pas grandir. Les filles, quand elles grandissent, il faut qu'elles se peinturent la figure et qu'elles se frisent les cheveux et c'est compliqué. Les garçons, quand ils grandissent, il leur pousse de la barbe et des boutons comme à mon cousin Jean-Marc et ils ont l'air d'en vouloir à tout le monde. Jean-Marc, il était si gentil avant de grandir...

Les enfants, ils ont rien à faire, seulement jouer ou aller à l'école. Jouer, c'est ce que j'aime le mieux, surtout jouer à faire comme si. Par exemple, je fais comme si j'étais une mère, ou comme si j'étais une cosmonaute, ou une danseuse de ballet ou une acrobate de cirque.

— En somme, tu critiques les grandes personnes, mais tu joues à faire comme si tu étais une grande personne, dit souvent ma mère.

Bien sûr! C'est amusant d'être une grande personne pour rire, mais pas d'être une grande personne pour vrai. Parce que quand on est une grande personne pour vrai, on ne peut pas dire je ne joue plus si on est fatigué.

Les grandes personnes, elles ont une chose que les enfants n'ont pas: elles ont de l'argent. De l'argent c'est bien commode parce qu'avec de l'argent, on peut acheter tout ce qu'on a envie d'avoir, comme des éclairs au chocolat ou bien des bicyclettes. Moi, je n'ai pas beaucoup d'argent; j'ai juste mon argent de poche que mon père me donne le dimanche, et le mardi je n'en ai déjà plus. Mon père, lui, il a plein d'argent parce qu'il travaille mais quand je lui demande une bicyclette, il dit:

— Je n'ai pas d'argent.

Pourtant, les grandes personnes elles peuvent aller à la banque pour chercher de l'argent... Mon père dit que ce n'est pas comme ça que ça marche et que je comprendrai plus tard. Mais plus tard je n'aurai pas besoin de comprendre puisque je serai grande et que j'aurai de l'argent.

Parce que même si je ne veux pas grandir, je sais bien que je grandis pareil. Les amis de mes parents, ils trouvent que j'ai grandi et mes parents ont l'air tout contents que je sois plus grande que la dernière fois qu'ils l'ont dit. Seulement, quand il me faut des souliers neufs ils soupirent et disent que je grandis trop vite. Ça fait que des fois, j'aurais envie de rapetisser ou de grandir par magie comme dans les histoires pour leur faire plaisir d'être enfin de la bonne grandeur.

Quand on est grande comme moi, on peut faire des choses que mon petit frère n'a pas la permission de faire, comme veiller plus tard ou aller jouer chez ses amis ou essayer les bijoux de sa mère. Mais quand on est petit comme mon petit frère, on a le droit de faire des choses qu'il ne faut pas faire quand on est grand, comme sucer son pouce ou jouer dans la boue ou crier quand on est fâché.

Mais quand on est une grande personne, là, on peut faire tout ce qu'on ne peut pas faire quand on est juste grande comme moi : on peut se disputer, on peut fumer, on peut tricher aux cartes, on peut dire qu'on est malade quand on n'a pas envie d'aller travailler... On peut veiller tard aussi et trop boire et trop manger. Je le sais, parce que toutes les grandes personnes que je connais le font. Aussi, quand on est grand, on peut commander aux plus petits, mais quand on est petit, on ne peut pas commander aux plus grands. On peut juste pleurer pour qu'ils fassent ce qu'on veut et ça ne marche pas toujours.

Au fond, j'ai un peu envie de grandir parce que quand on est grand, on est important, et quand on est petit on n'est pas important. Ma mère et mon père, on voit qu'ils sont importants parce qu'on les écoute quand ils parlent. Moi, on m'écoute seulement quand je crie. Ça doit être amusant d'être important. Je pense que je vais continuer à grandir...

Ma grand-mère est venue me visiter et elle m'a apporté un cadeau : un petit pot sur lequel c'est écrit : « Miel de dent-de-lion ».

— J'ai fait le tour de la ville pour en trouver, qu'elle m'a dit.

Et pendant que je l'embrassais, elle m'a murmuré à l'oreille :

— Il s'appelle comment, le garçon que tu veux rendre amoureux ?

Elle n'a rien compris. Et moi qui la croyais sorcière...

8

Sophie et le crapaud

— Tu as un visiteur, a dit Régina.

Antoine est entré dans le salon où j'étais assise avec mon pied sur un coussin.

— Comment ça va ? a demandé Antoine.

— Ça va avec le pied gros comme une citrouille. Non, une aubergine ; il est un peu moins enflé aujourd'hui, et il est de la couleur d'une aubergine.

— Je t'ai apporté un cadeau, a dit Antoine.

Il a posé un sac de plastique sur le divan à côté de moi. Je l'ai entrouvert et j'ai aperçu une chose grise au fond.

— Qu'est-ce que c'est? j'ai demandé en mettant ma main dans le sac!

Là, j'ai jeté un cri : la chose était froide et glissante.

— C'est ton crapaud, a dit Antoine.

— Comment, mon crapaud ! J'ai seulement dit…

— Écoute, tu as demandé un crapaud, tu as un crapaud.

— Mais ma mère ne voudra jamais que je le garde ! Elle ne veut même pas d'une souris blanche, alors, un crapaud ! De toute façon, moi-même je ne tiens pas à le garder.

— Pourquoi ?

— Parce que… un crapaud, c'est laid et c'est stupide.

— Pardon ! On voit bien que tu n'en as jamais vu de près. Un crapaud, ça a de beaux yeux dorés qui brillent comme des pierres précieuses. À part ça, les crapauds ne sont pas bêtes ; ils mangent des insectes nuisibles et ils s'apprivoisent facilement.

— Où as-tu appris tout ça ?

— Je m'intéresse à l'histoire naturelle.

Là, le crapaud a mis son nez en dehors du sac et Régina est entrée au salon. J'ai placé vite un coussin sur le sac à crapaud. Régina a failli s'asseoir sur le coussin mais j'ai crié :

— Non, Régina ! Ne t'assois pas là !

— Pourquoi donc ?

— Parce que... j'ai envie de t'avoir à côté de moi...

Régina m'a souri.

— C'est ton entorse qui te rend affectueuse ?

Elle s'est installée à l'autre bout du divan et elle s'est mise à parler de la pluie et du beau temps avec Antoine. Je voyais le coussin bouger de temps en temps, alors j'ai dit :

— Régina, j'ai un peu faim : tu nous préparerais une petite collation ?

Régina est sortie et Antoine a demandé :

— Alors, c'est quoi, le secret ?

— Quel secret ?

— Ne fais pas l'idiote. Un marché, c'est un marché. Je t'ai apporté le crapaud, tu me dis le secret.

J'aurais pu lui dire, mais c'était plus drôle de le faire chercher un peu.

— Le secret, il est caché quelque part dans ma chambre. Je vais te donner des indices... c'est plat, c'est blanc et c'est plié en quatre...

— Un papier. Où il est ?

— Il est quelque part entre le mur et le plafond...

Là, Régina est entrée avec des biscuits et de la limonade. Antoine a dit :

— Je vais dans ta chambre chercher le livre dont tu m'as parlé.

Je voulais y aller avec lui mais il fallait bien que quelqu'un surveille le crapaud. Alors j'ai mangé tous les biscuits et j'en ai demandé d'autres à Régina. Pendant qu'elle était à la cuisine, j'ai pris le sac à crapaud et j'ai marché en boitant vers ma chambre. En entrant, j'ai aperçu Antoine qui sortait le papier de sa cachette.

— Comment tu as fait pour le trouver ?

— C'était facile : c'est le genre de cachette qu'ils ont toujours dans les films à la télévision.

Parlant de télévision, j'ai entendu le thème de l'émission favorite de Régina. Alors j'ai dit à Antoine :

— On va avoir la paix pendant un bout de temps. Tu peux lire le papier. Et il a lu :

Un soupçon de bave de crapaud
une toile d'araignée
1/4 de tasse d'infusion d'herbe à dinde
3 c. à soupe de miel de dent-de-lion
Bien mélanger. Laisser reposer toute une
nuit sous une pierre-de-lune.

— Qu'est-ce que ça veut dire?

— Tu vois bien: c'est une recette.

— Une recette de quoi?

— Une recette de philtre d'amour.

— ...de philtre d'amour?

Là, Antoine est devenu rouge comme une tomate. Il a bégayé:

— Tu n'as pas besoin de... de... de...

Tout à coup, j'ai compris qu'il pensait que le philtre d'amour était pour lui! Pauvre Antoine! J'allais lui dire de ne pas se monter la tête quand le crapaud est sorti de son sac et s'est mis à sauter partout dans la chambre. Moi et Antoine, on a essayé de le rattraper, mais il a sauté par-dessus le seuil de la porte et il s'est sauvé dans le couloir.

Quand Régina est venue voir qui faisait tout le bruit, Antoine a dit qu'il fallait qu'il parte parce que c'était l'heure de sa pratique de baseball, et moi je suis restée seule avec Régina et le crapaud que je ne savais pas où il était passé. Durant tout le reste de l'après-midi, j'ai bien essayé de regarder ici et là mais avec mon entorse, ce n'était pas facile. Quand ma mère est rentrée de son travail, je ne savais toujours pas où était le crapaud et je l'ai un peu oublié parce que ma mère avait apporté un bon gâteau aux fraises pour le dessert et on s'est bien régalés.

C'est seulement au moment de me coucher que j'ai pensé encore au crapaud. Je me suis dit que je devrais prévenir ma mère, mais comme elle n'avait pas voulu d'un beau petit chien doux et fou comme Caramel, je me suis dit que ce serait bien pire pour un vieux crapaud tout gluant, alors je n'ai rien dit. Je venais de m'endormir quand j'ai entendu un grand cri :

— Aaaah ! Il y a une grenouille dans la baignoire !

Réveillée en sursaut, j'ai aussitôt répondu très fort :

— Ce n'est pas une grenouille, c'est un crapaud !

Je me suis levée et j'ai couru dans la salle de bains. Là, j'ai vu mon frère dans la baignoire en train de sauter derrière le crapaud pendant que ma mère courait chercher le balai. J'ai crié :

— Ne le tuez pas ! Il est à moi ! J'en ai besoin !

— Alors tu fais mieux de l'attraper toi-même! dit ma mère.

Finalement, Bertrand a trouvé une boîte vide et j'ai réussi à faire entrer le crapaud dedans. Ma mère ne voulait même pas que je le garde dans ma chambre. On a mis un moustiquaire sur la boîte et on l'a déposée sur le balcon. Bertrand était tout excité. Même qu'il voulait coucher sur le balcon avec le crapaud. Après que tout le monde a été calmé, ma mère a pris son air le plus sévère.

— Tu vas me dire d'où vient cette grenouille.

Alors, j'ai raconté que c'était un crapaud et que c'était un cadeau d'Antoine à cause de mon entorse. Ma mère a soupiré.

— Sophie, on a déjà discuté à propos d'animaux. Tu sais très bien ce que j'en pense.

Alors j'ai dit que ce n'était pas juste, qu'Antoine, lui, ses parents le laissaient garder Hortense.

— Hortense, c'est une chatte?

— Non, c'est une couleuvre.

Ma mère a fait des yeux tout ronds.

— Ah bon! Alors pourquoi ton ami Antoine ne garderait pas ta grenouille aussi? Ça fera de la compagnie à la couleuvre. Tu pourrais aller les visiter de temps en temps.

J'aurais voulu lui expliquer que je n'en voulais pas tellement du crapaud qu'elle appelait toujours grenouille, que ce que je voulais, c'était un chien de couleur caramel, mais j'étais trop fatiguée. Le lendemain, j'étais encore fatiguée parce que le crapaud avait fait roum-roum toute la nuit et m'avait empêchée de dormir. J'ai téléphoné à Antoine et je lui ai raconté les aventures du crapaud.

— C'est un crapaud intelligent, a dit Antoine. S'il est allé dans la baignoire, c'est parce que les crapauds ont besoin d'humidité.

— Crois-tu qu'Hortense accepterait de partager son aquarium avec lui? ai-je demandé.

— Tu veux dire le terrarium, a répondu Antoine. On peut toujours essayer.

— Alors, viens vite chercher ton crapaud, sinon ma mère a dit qu'elle le lâcherait dans la bouche d'égout.

Antoine est arrivé et on a donné de l'eau et de la laitue au crapaud.

— Il faudrait bien lui trouver un nom, a dit Antoine.

— Pourquoi pas Hercule! Ça va bien avec Hortense.

— D'accord pour Hercule!

— Maintenant, il faut faire cracher Hercule.

— Pour quoi faire?

— Pour ma recette, voyons! Tu sais bien que j'ai besoin de bave de crapaud.

— Ouais... je ne sais pas comment on fait baver un crapaud, moi.

— Il ne faut pas lui faire mal. On pourrait peut-être le chatouiller.

Alors je suis allée chercher une cuiller pour ramasser la bave et moi et Antoine, on s'est approchés d'Hercule tranquillement. Je ne sais pas si vous avez déjà essayé de chatouiller un crapaud; ce n'est pas facile parce qu'un crapaud, ça ne reste pas tranquille; ça veut tout le temps sauter.

Toujours est-il que j'ai fini par ramasser quelques gouttes de liquide dans la gueule d'Hercule.

— Bon, maintenant, j'ai tout ce qu'il faut pour fabriquer mon philtre. Veux-tu m'aider?

Antoine a pris un air embarrassé.

— Heu, non! Je suis pressé...

Il est parti en courant. Je pense savoir pourquoi; il avait peur que je lui fasse goûter le philtre. Alors, je suis allée à la cuisine et j'ai tout préparé: l'infusion d'herbe à dinde, la toile d'araignée, le miel de dent-de-lion. J'ai mélangé ça ensemble, et à la fin, j'ai ajouté la bave de crapaud. J'ai versé le mélange dans un petit pot, ça ressemblait à du miel un peu liquide avec de la poussière dedans. Maintenant, il reste juste à aller chercher la bague dans le tiroir de ma mère et à laisser reposer le philtre toute la nuit sous la pierre-de-lune.

9

Le philtre et ses effets

Aujourd'hui, c'est samedi, et je ne boite presque plus. Je me suis levée tôt et j'ai décidé de servir son petit déjeuner au lit à ma mère. J'ai préparé le jus d'orange, le café, et les toasts au miel (mon miel spécial, je veux dire mon philtre d'amour). J'ai eu beaucoup de misère à empêcher mon frère de manger les toasts. Il a fallu que je lui fasse un sandwich de mon invention, aux bananes et au ketchup, pour le faire tenir tranquille. J'ai attendu qu'il soit huit heures, puis je suis entrée en boitant dans la chambre de ma mère avec mon plateau :

— Coucou ! C'est moi !

Ma mère a caché sa tête sous l'oreiller en disant :

— Oh, non ! Tu ne pouvais pas me laisser dormir pour une fois...

Alors j'ai pris ma voix la plus larmoyante :

— Je t'apporte ton petit déjeuner au lit et toi, tu penses seulement à me disputer.

— Bon, ça va ! Dépose le plateau, a dit ma mère en soupirant.

Elle a commencé à manger, elle a trouvé les toasts un peu humides (je ne lui ai pas dit que c'était à cause de l'infusion d'herbe à dinde dans le miel).

Tout à coup, mon frère qui me suivait s'est précipité sur le lit et il a mangé un morceau de toast.

J'ai crié :

— Non ! Ce n'est pas pour toi !

Mais il était trop tard. Ma mère a dit :

— Ce n'est pas grave. Je vais me lever et je vais vous en préparer d'autres.

Après, elle m'a embrassée en me disant que j'étais sa fille préférée, ce qui n'est pas difficile puisque je suis sa seule fille. Et moi je ne pouvais pas engueuler mon frère sans révéler mon secret, mais je lui ai quand même donné un bon coup de coude dans les côtes.

Un peu plus tard, mon père est venu nous chercher, moi et mon frère. Il était avec Carole. Carole, c'est son amie. Elle est gentille mais pas autant que ma mère. J'avais caché le reste du philtre dans mon sac avec mon pyjama. Comme on ne pouvait pas marcher beaucoup à cause de mon entorse, on est allés au cinéma voir les Schtroumpfs. Mon frère a pleurniché parce qu'il voulait du maïs soufflé et Carole lui en a acheté. Elle fait tout ce qu'il veut mais pas tout ce que je veux parce que moi, je ne demande rien. Après, on est allés manger des hamburgers chez McDonald. J'aurais voulu verser le philtre dans le café de mon père, mais je n'ai pas réussi à l'éloigner. Une fois rendue chez lui, j'ai eu une idée. J'ai dit:

— J'ai soif! Qui veut boire quelque chose?

Mon père a répondu:

— Tiens! Va donc nous préparer une de tes recettes. Tu sais, Carole, Sophie a le don d'inventer des mélanges extraordinaires.

Carole a répondu:

— Moi, je prendrai seulement une limonade gazeuse.

— Tu ne sais pas ce que tu manques, lui a dit mon père.

Alors moi, j'ai boité jusqu'à la cuisine et j'ai préparé un mélange de jus d'orange, de coca-cola et de sirop de framboise. C'était d'une drôle de couleur rougeâtre mais c'était très bon. J'ai versé le reste du philtre dans le verre de mon père. J'ai pris soin de placer son verre à part pour bien le reconnaître.

Quand j'ai apporté le plateau, j'ai fait bien attention de présenter le verre spécial à mon père. Il a pris une grosse gorgée.

— Hum ! qu'il a fait, délicieux ! Carole, tu ne veux pas goûter ?

Carole a pris le verre et avant que j'aie pu l'empêcher, elle en avait bu la moitié ! J'ai dit :

— Oh, non !

Et je suis sortie sur le balcon parce que j'avais trop envie de pleurer, et mon père est sorti aussi et il m'a dit en me caressant la tête :

— Tu sais, Carole essaie d'être gentille avec toi, tu pourrais peut-être essayer d'en faire autant. Au moins, fais un effort pour être de bonne humeur.

Quand on est revenus au salon, Bertrand était assis sur les genoux de

Carole et il lui faisait des mamours et il était en train de finir le verre de mon mélange spécial!

— Je vois que vous vous entendez bien tous les deux, a dit mon père.

J'ai soupiré et j'ai pensé: « Bien sûr… et c'est ma faute. C'est à cause du philtre: Bertrand et Carole en ont pris et ça a l'air de marcher. Alors peut-être que ce soir, quand papa viendra nous conduire chez maman… »

Après, j'étais de très bonne humeur et on a tous joué au Monopoly et on s'est bien amusés. Au début de la soirée, mon grand-père est passé pour remettre à mon père un outil qu'il lui avait emprunté. Il a dit:

— Je peux ramener les enfants, c'est sur mon chemin.

Ça fait que mes parents ne se sont pas revus ce soir-là. Je ne sais pas si le philtre d'amour ça peut fonctionner quand les gens sont loin l'un de l'autre. Peut-être qu'ils vont se téléphoner... Mais comme Bertrand et Carole en ont pris la moitié, peut-être qu'il n'y avait pas assez de philtre pour que ça marche de loin. Et puis aussi, peut-être que l'effet ne dure pas assez longtemps. C'est décourageant. J'ai bien peur que tout soit à recommencer.

Aujourd'hui, je suis encore de mauvaise humeur parce que j'ai mal dormi; ça fait que quand Antoine m'a téléphoné, je lui ai dit que non, je n'avais pas envie d'aller jouer au parc avec lui. Il a rappelé une demi-heure plus tard pour me demander si je voulais aller voir Hercule. Je lui ai répondu :

— Tu peux le garder ton stupide crapaud ! et j'ai raccroché.

Après, j'ai regretté d'avoir été si impolie; après tout, ce n'est pas la faute d'Antoine si j'ai manqué mon coup avec le philtre d'amour. Et puis, si je veux fabriquer une nouvelle portion du philtre, j'aurai encore besoin d'Hercule. Ça fait que j'ai téléphoné chez Antoine mais on m'a répondu qu'il était sorti. C'est bien tant pis pour moi : je n'avais qu'à être plus gentille. Je suis allée m'asseoir sur les marches de l'escalier avec un livre, mais je n'avais pas très envie de lire. Tout à coup, j'ai aperçu Antoine qui s'avançait sur le trottoir en sifflotant. J'ai crié :

— Salut, Antoine !

Il a fait semblant d'être surpris :

— Ah, c'est toi ! Salut !

— Tu sais, je m'excuse pour tout à l'heure… C'est parce que…

— C'est O.K.

— À bien y penser, ça me tenterait d'aller faire une promenade au parc…

— C'est que moi, j'en arrive…

— Ah! alors, veux-tu venir boire une limonade?

Une fois dans la cuisine, je lui ai raconté mes mésaventures avec le philtre d'amour. Il a proposé:

— Préparons-en tout de suite une autre portion: comme ça tu l'auras sous la main quand tu en auras besoin.

— Mais je n'ai pas tout ce qu'il faut: il me manque la toile d'araignée et la bave de crapaud.

— Ça ne fait rien. Mélangeons toujours les ingrédients que tu as.

Alors on a fait le mélange de la tisane d'herbe à dinde et du miel de dent-de-lion. J'ai mis ce mélange dans un pot, puis je suis allée chercher la limonade au frigo. J'en ai versé dans deux verres. Antoine m'a demandé:

— Tu n'aurais pas de cerises confi-
tes? Ça fait joli dans la limonade.

Pendant que je fouillais dans l'armoire pour trouver le pot de cerises,
j'ai entendu des bruits de verres entre-
choqués. J'ai trouvé le pot de cerises et
Antoine l'a pris en disant:

— Laisse-moi faire.

Il a mis trois cerises dans chaque
verre et il m'a présenté le mien en sa-
luant comme font les grandes personnes. Il a proposé:

— Faisons un concours; qui aura
vidé son verre le premier.

C'est moi qui ai gagné. Après, j'ai
dit:

— Tu sais, j'ai bien envie d'aller visiter Hercule.

— Euh… C'est que… Hercule, je l'ai
remis en liberté dans le parc.

— Quoi! Pourquoi as-tu fait ça?

— Hercule était malheureux dans le terrarium et Hortense boudait dans un coin. Alors j'ai pris les grands moyens...

— Mais... mais... et mon philtre? Comment je vais faire maintenant pour le terminer.

— Ne t'en fais pas. J'ai pris la précaution de prélever un peu de bave avant de libérer Hercule. J'ai aussi trouvé deux toiles d'araignée.

— Ah bon! Alors allons vite chez toi. Je pourrai finir le mélange tout de suite.

Antoine ne disait rien et ne bougeait pas. Je l'ai regardé; il était tout rouge. Alors j'ai regardé le pot où j'avais mélangé le miel et la tisane; il était vide! tout à coup, j'ai compris!

— Oh, non! Tu n'as pas... tu avais

apporté les toiles d'araignée et la bave de crapaud?

Il a fait oui en devenant plus rouge encore.

— Et tu les as ajoutées à mon mélange… et tu as mêlé le philtre à la limonade…

Je ne savais pas si j'allais me fâcher ou me mettre à pleurer. Antoine m'a fait un grand sourire, puis il s'est sauvé en courant. Moi, je suis restée plantée là: je me sentais toute drôle.

Je me demandais si le philtre a le même effet sur les sorcières que sur les gens ordinaires.

10

La Kermesse

C'est la fin de l'été. Quel été! Il s'en est passé des choses... Depuis l'histoire du crapaud et du philtre d'amour, je fais partie d'une bande d'amis. C'est Antoine qui m'a fait rencontrer la bande de la rue Monplaisir. On se réunit dans la cour, chez Antoine. On a réalisé toutes sortes de projets excitants comme une exposition d'animaux, une pièce de théâtre qu'on a montée nous-mêmes et un journal qu'on a écrit et photocopié et vendu dans le quartier. Pour la fin des vacances, on a décidé d'organiser une Kermesse, une fête en plein air avec toutes sortes de choses à faire et à voir.

L'idée, c'est de ramasser des sous pour décorer un local que les parents de Julie nous ont prêté dans leur cave. Chaque membre de la bande va animer un stand où chacun offrira des choses selon ses goûts et ses spécialités. Antoine donnera des démonstrations sur « comment organiser un terrarium » en exposant l'aquarium d'Hortense comme exemple. Julie vendra des petits coussins à épingles en forme de cœur qu'elle fabrique elle-même avec des restes de tissu. Nadia donnera un spectacle de marionnettes pour les plus petits. Éric installera un stand de tir où il faut lancer des fléchettes sur des ballons transformés en têtes de monstres. Et moi, moi je vendrai des jus de ma fabrication, j'ai déjà peint une affiche pour les annoncer :

POTIONS MAGIQUES POUR TOUS
(.50 le verre)

SANG DE SORCIÈRE :
(jus de raisins et sirop de cassis)

ÉLIXIR TROPICAL :
(jus d'orange, jus d'ananas et
bâton de cannelle)

SPÉCIAL VAMPIRE :
(jus de tomate, jus de carotte
et poivre rouge)

LIQUEUR DE FANTÔME :
(lait, jus de noix de coco et muscade)

BOUILLON D'ARAIGNÉES :
(eau gazeuse et réglisse)

J'ai aussi préparé des formules magiques dont voici quelques échantillons :

FORMULES MAGIQUES
POUR TOUTES OCCASIONS
(.25 chacune)

POUR FAIRE PARTIR UNE VERRUE :

Verrue, verrue, verrue
Va-t'en, je t'ai assez vue
Tu me donnes la berlue.

POUR FAIRE PLEUVOIR :

Mouille, mouille, paradis
Tout le monde est à l'abri
J'ai sorti mon parapluie.

**(S'il ne pleut pas, servez-vous du
boyau d'arrosage).**

POUR FAIRE APPARAÎTRE
UN CHAT NOIR :

Miaou ! Miaou !
Sors du trou
Vilain minou

(Si vous ne le voyez pas,
c'est qu'il fait trop noir).

POUR EFFACER LES TACHES
DE ROUSSEUR :

Se regarder dans un miroir en disant :

Fond de chaudron et laine d'acier,
Crème glacée, limonade sucrée,
Taches de rousseur, disparaissez !

(Si elles ne disparaissent pas, c'est
qu'elles vous vont bien).

POUR LE MAL DE DENTS:

Cracher par terre en disant:

Sors de là, sors de là
Ou le dentiste tu verras.

(Si ça ne marche pas, il ne vous reste qu'à aller chez le dentiste).

POUR FAIRE FRISER LES CHEVEUX:

Les laver à l'eau de pluie recueillie par une nuit de pleine lune. En les lavant, répéter:

Frise, frisons, frisez.

POUR RENDRE
QUELQU'UN AMOUREUX

Cinq, quatre, trois, deux,
C'est le temps d'être amoureux
Je le veux, je le veux.

(Signer cette formule et la placer sous
l'oreiller de la personne que vous
voulez rendre amoureuse de vous).

Cette formule-là, je vais l'essayer sur
mes parents parce que depuis l'histoire
du philtre d'amour, ils sont toujours séparés et moi je n'ai pas eu tellement le
temps de m'occuper d'eux; j'ai trop à
faire avec ma bande d'amis. Mais
peut-être que si j'arrive à faire signer la
formule à ma mère sans qu'elle s'en
aperçoive, et si je peux glisser le papier
sous l'oreiller de mon père quand il
n'est pas là... Ah! et puis, les grandes
personnes sont bien assez grandes pour
s'occuper de leurs affaires! Je les aide-
rai encore, mais pour le moment, c'est

la Kermesse qui m'occupe. Et après, ce sera la rentrée à l'école. J'aimerais bien qu'on soit tous dans la même classe, tous les amis de la bande de la rue Monplaisir. Peut-être que si je le souhaite assez fort... Peut-être que si j'invente une formule magique...

Table des matières

1. Sophie est séparée 7

2. Sophie s'ennuie 17

3. Sophie et Antoine.......................31

4. Sophie et sa grand-mère...............43

5. La pierre de lune 53

6. Sophie et sa gardienne.................63

7. Sophie et les grandes personnes...73

8. Sophie et le crapaud.....................83

9. Le philtre et ses effets...................99

10. La Kermesse 115

Un mot sur l'illustrateur

Michel Garneau, qui signe Garnotte, a déjà fait de la bande dessinée. On peut voir ses dessins humoristiques dans le magazine *Croc* et dans le *Magazine des Expos*. Les enfants le connaissent pour son personnage *Stéphane, l'apprenti inventeur* dans le magazine *Je me petit débrouille*. « Moi aussi je suis tombé amoureux de Sophie », avoue-t-il.

La collection **Pour lire**

Chère lectrice, cher lecteur,

Bienvenue dans le club des enthousiastes de la collection **Pour lire**. Si tu as aimé l'histoire que tu viens de lire, tu auras certainement envie d'en découvrir d'autres. Jette un coup d'oeil aux pages suivantes et laisse-toi tenter par d'autres romans de cette collection.

Je te rappelle que le nombre de petits coeurs augmente avec la difficulté du texte.

 ♥ facile
♥♥ moyen
♥♥♥ plus difficile

Grâce aux petits coeurs, quel que soit ton âge, tu pourras choisir tes livres selon tes goûts et tes aptitudes à la lecture.

Les auteurs et les illustrateurs de la collection **Pour lire** seraient heureux de connaître tes opinions concernant leurs histoires et leurs dessins. Écris-nous à l'adresse au bas de la page.

Bonne lecture!

La directrice de la collection
Henriette Major

Les éditions Héritage inc.
300, rue Arran
Saint-Lambert (Québec)
J4R 1K5

Sophie, l'apprentie sorcière
par Henriette Major

Tout en expérimentant des recettes de sorcière, Sophie se fait un nouvel ami.

La sorcière et la princesse
par Henriette Major

À l'occasion de la fête de l'Halloween, Sophie vit des situations à la fois comiques et émouvantes.

Sophie et le monstre aux grands pieds
par Henriette Major

Aidée de sa grand-mère, Sophie part à la recherche d'un monstre qui a enflammé son imagination.

Sophie et les extra-terrestres
par Henriette Major

À l'occasion d'un séjour en colonie de vacances, Sophie découvre des extra-terrestres. Cette nouvelle aventure l'amènera à approfondir sa relation avec son père.

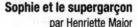

Sophie et le supergarçon
par Henriette Major

Apprenant que le fils de l'ami de sa mère doit venir passer la fin de semaine chez elle, Sophie part en guerre contre cet intrus, mais lorsqu'il arrive, elle a le coup de foudre pour ce beau garçon.

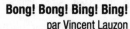

La collection **Pour lire**

Bouh, le fantôme
par Vincent Lauzon

Le fantôme Bouh Frissons et son chien
Requiem vivent à la Maison de chambres
de Madame Frissons, une maison pleine
de personnages étranges…

Bong! Bong! Bing! Bing!
par Vincent Lauzon

Lorsque Xavier réussit enfin à entrer dans
l'observatoire de son grand-père astro-
nome, il fait un extraordinaire voyage au
pays des Bong-bongs et des Bing-bings.

Le pays à l'envers
par Vincent Lauzon

En allant à l'école, Alexandre met les
pieds où il ne devrait pas et se retrouve
dans un étrange endroit, *Le pays à
l'envers*, où il vivra une série
d'aventures surprenantes.

Le pays du papier peint
par Vincent Lauzon

Marie-Aude nous entraîne dans un
univers fantastique, celui du papier peint
de sa chambre où l'on retrouve des
personnages fabuleux.

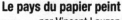

Mougalouk de nulle part
par Danièle D. Desautels

Mougalouk, venue d'une autre planète,
est introduite à l'école par une fillette
qui l'a trouvée sympathique. Elle y
vivra une journée mémorable.

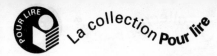
La collection **Pour lire**

♥♥

Au secours de Mougalouk
par Danièle Desrosiers

Alors qu'ils s'apprêtent à savourer
leurs vacances d'été, Rosalie et Julien
reçoivent un message désespéré de
leur amie Mougalouk. Ils iront lui
porter secours sur sa planète lointaine.

♥♥

Le zoo hanté
par Jacques Foucher

On a tous lu des histoires de fantômes,
mais un village hanté par des fantômes
d'animaux, voilà qui n'est pas banal! Et
curieusement, ces animaux
n'apparaissent qu'à certains enfants.

♥♥♥

J'ai peur d'avoir peur
par Susanne Julien

Aimes-tu avoir peur? Ce livre te promet
beaucoup de plaisir et de frissons.

Le pilote fou
par Danièle Desrosiers

Les jumeaux Bellemare aimeraient bien
convaincre leur prof de père d'écrire des
romans jeunesse. Il raconte de si belles
histoires! Malheureusement, il a d'autres
préoccupations…

♥♥♥

Annabelle, où es-tu?
par Danièle D. Desautels

Annabelle, l'enfant d'un autre siècle, a été
enfermée dans le temps par Zar le
magicien. C'est toi le personnage
principal de cette histoire et les routes
qui s'offrent à ton choix te réservent bien
des surprises.

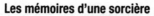

♥♥♥

Le pion magique
par Susanne Julien

Cette histoire, dont le lecteur ou la lectrice est la vedette, est à la fois un roman et un jeu où l'on est sans cesse tenu en haleine.

♥♥♥

Les mémoires d'une sorcière
par Susanne Julien

C'est avec beaucoup d'humour que la sorcière Maléfice raconte les étapes les plus excitantes de sa vie mouvementée.

Ram, le robot
par Daniel Mativat

Ram, le robot, habitant de la lointaine planète Sirius, rêve de devenir un petit garçon. La métamorphose ne sera pas facile.

♥

Dos Bleu, le phoque champion
par Marie-Andrée et Daniel Mativat

Un phoque à capuchon… sans capuchon se retrouve loin de son univers familier. À travers diverses aventures, il apprend à s'accepter tel qu'il est.

♥♥♥

Les cartes ensorcelées
par Danielle Simard

Échanger des cartes de hockey avec un inconnu aux allures de sorcier n'est pas une mince affaire. Comment Martin va-t-il s'en sortir ?

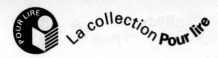

La collection **Pour lire**

La revanche du dragon
par Danielle Simard

Luc, un passionné des jeux vidéo, se voit confier une cassette mystérieuse. Parcours avec lui les tableaux de son jeu et laisse-toi entraîner dans cette aventure extraordinaire.

Les mésaventures d'un magicien
par Sylvie Högue et Gisèle Internoscia

Hubert, jeune magicien en herbe, est prêt à tout pour séduire la belle Virginie. Mais, la magie lui réserve des surprises. Comment va-t-il s'en sortir?

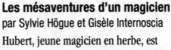

Les mémoires d'une bicyclette
par Henriette Major

Devenue vieille, une bicyclette se rappelle sa vie mouvementée qui finira dans la gloire alors qu'elle participe à un numéro de cirque.

Les secrets de Sophie
par Henriette Major

Entre ses propres secrets et ceux des autres, Sophie trouve la vie un peu compliquée. Comment va-t-elle se débrouiller avec toutes ces confidences?

La planète des enfants
par Henriette Major

Sur une planète inconnue, deux astronautes terriens découvrent une colonie composée entièrement d'enfants d'une dizaine d'années. D'où viennent ces enfants? Comment accueilleront-ils les adultes?

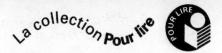

Voici tous les titres de la collection classés par nombre de petits coeurs

- ♥ Émilie la baignoire à pattes
- ♥ Le pays à l'envers
- ♥ Dos Bleu, le phoque champion
- ♥ Ram, le robot
- ♥♥ Sophie, l'apprentie sorcière
- ♥♥ La sorcière et la princesse
- ♥♥ Sophie et le monstre aux grands pieds
- ♥♥ Sophie et les extra-terrestres
- ♥♥ Sophie et le supergarçon
- ♥♥ Les secrets de Sophie
- ♥♥ Mougalouk de nulle part
- ♥♥ Au secours de Mougalouk
- ♥♥ Le chevalier Trois-Pommes
- ♥♥ Les mémoires d'une bicyclette
- ♥♥ Bong! Bong! Bing! Bing!
- ♥♥ Bouh, le fantôme
- ♥♥ Le pilote fou
- ♥♥ Le pays du papier peint
- ♥♥ Le zoo hanté
- ♥♥ Les mésaventures d'un magicien
- ♥♥♥ Les mémoires d'une sorcière
- ♥♥♥ Le pion magique
- ♥♥♥ Annabelle, où es-tu?
- ♥♥♥ La revanche du dragon
- ♥♥♥ J'ai peur d'avoir peur
- ♥♥♥ La planète des enfants
- ♥♥♥ Les cartes ensorcelées

ACHEVÉ D'IMPRIMER
EN SEPTEMBRE **1993**
SUR LES PRESSES DE
PAYETTE & SIMMS INC.
À SAINT-LAMBERT, P.Q.